C. DEMEUSE

LE TRAVAIL

HYMNE

Prix : 25 Centimes

VENDU AU PROFIT DE L'ORPHELINAT MAÇONNIQUE

PARIS

TYPOGRAPHIE ET LITHOGRAPHIE DE JULES JUTEAU ET FILS

Passage du Caire, 39 et 31

1872

Y

LE TRAVAIL

C. DEMEUSE

LE TRAVAIL

HYMNE

Prix : **25 Centimes**

VENDU AU PROFIT DE L'ORPHELINAT MAÇONNIQUE

PARIS

TYPOGRAPHIE ET LITHOGRAPHIE DE JULES-JUTEAU ET FILS

Passage du Caire, 29 et 31

1872

LE TRAVAIL

ⅡⱢ a faim, il a froid. Nu sur la terre nue,

Frêle création d'une main inconnue;

Successeur étonné de ces monstres géants

Disparus sans retour dans les gouffres béants,

L'Homme, erre à l'aventure à travers les campagnes;

Sous les rocs suspendus aux flancs noirs des montagnes

Cherche un gîte, et rampant par les sombres halliers,

Mâche le gland amer, rebut des sangliers.

Il a faim ! le lion, le tigre, la panthère,

Du cerf, surpris soudain dans sa course légère,

Du sauvage chamois, des timides élans,

Dévorent à ses yeux les lambeaux pantelants.

A leur ravir leur proie, oserait-il prétendre ?

Contre leur dent lui-même il ne peut se défendre :

Il est sans armes !... seul de tant d'êtres divers,

Rien ne le garantit des terribles hivers.

Il a froid ! il envie à l'oiseau son plumage ;

L'ours semble le narguer sous son fauve pelage,

Et lui, du globe entier futur dominateur,

Du destin qui l'attend, ignorant la splendeur,

Comme un déshérité n'ose lever sa vue

Au ciel, dont ses calculs sonderont l'étendue.

Pour écarter la Mort, sinistre épouvantail,

Il appelle à son aide. — Et qui donc ? — Le Travail !

A l'œuvre ! Sur la roche il brise

Le caillou d'un effort vainqueur,

Le silex en hache s'aiguise,

La hache mord le chêne au cœur.

L'arbre entaillé gémit et penche,

Et roule enfin, verte avalanche

Sur le sol qu'il couvre d'éclats ;

Puis bientôt sous la pierre aiguë

S'arrondit la lourde massue,

Instrument des premiers combats,

Alors, la branche façonnée

En arc se recourbe, et dans l'air,

Le vol de la flèche empennée
Devance le rapide éclair.
La fronde sifflante, tournoie.
Le vautour emportant sa proie
S'abat, mortellement blessé ;
Sur son épaule triomphante
L'homme jette la peau sanglante
Du lion qu'il a terrassé.

En vain, par une prompte fuite,
L'ennemi, qu'atteint son regard,
A son implacable poursuite
D'un fleuve oppose le rempart ;
Dans un tronc d'arbre qu'il excave,
Le chasseur s'aventure ; il brave
Sous ses pieds les gouffres ouverts ;

Vers la rive opposée il vogue,

Et dans sa grossière pirogue

Prélude à l'empire des mers.

Au ciel, que la foudre déchire,

Il dérobe le feu divin ;

Il dompte le métal qu'il tire

Du sol qui le cachait en vain.

L'airain de la fournaise ardente

S'épanche, lave ruisselante,

Au fond du moule frémissant,

Puis, figé, revoit la lumière,

Glaive ici, pique meurtrière,

Hoyau là-bas, soc bienfaisant.

Le soc fend la terre étonnée,

Foulée aux pieds naguère encor,

Une opulente graminée

Dresse aux sillons ses gerbes d'or.

La vigne peuple les collines ;

Le sang des grappes purpurines

Fermente, s'épanche à longs flots,

Et dans sa pétillante écuelle,

Puisant une vigueur nouvelle,

L'homme boit l'oubli de ses maux !

Aux âges de la pierre et du bronze et du fer

Succède l'âge d'or. La terre était domptée.

Les moissons émergeaient des steppes du désert,

Et le ciel exorable absolvait Prométhée.

Sur ce globe, au hasard jeté par le destin,

L'homme, faible, impuisssant, atome dans l'espace,

Marchait en mesurant de son regard hautain
L'univers tout entier, conquis par son audace!

L'Imagination aux luxueux écarts,
Le convie à tenter le domaine des arts.
Le hardi conquérant, dans les antres sauvages,
Ne vient plus s'abriter du froid et des orages.
Il a son toit moussu de chaume et de roseaux,
Où chantent les enfants, comme au nid les oiseaux.
Puis, du sol entr'ouvert, il fouille les entrailles;
Le granit et le marbre, en solides murailles
S'élèvent, et bientôt, superbes monuments,
Attestent ses efforts et triomphent du Temps.
Le sculpteur, martelant et le bronze et la pierre,
Ranime les tombeaux des héros en poussière;
Les scènes de la vie, et les bois et les fleurs,

Revivent sur la toile aux magiques couleurs.

La lyre d'Amphion, de sa douce harmonie,

Charme jusqu'aux lions, jusqu'aux ours d'Hyrcanie,

D'Orphée et de Linus, les divines chansons

Charment les prés, les champs, les vergers, les moissons.

Le Commerce, échangeant les fruits de l'industrie.

Promène l'abondance, et, dans chaque patrie,

L'homme, heureux des tribus de vingt climats divers,

Sans quitter son foyer jouit de l'univers !

Mais un jour, jour maudit, un moine, un homme étrange,

Sans doute inspiré de l'enfer,

De soufre et de charbon combine le mélange

Dans un grossier creuset de fer.

C'était la poudre ! Alors qu'aux terribles mêlées

On reconnaissait les vaillants,

Aux cadavres épars que leurs mains gantelées

Sur l'arène jetaient sanglants :

En ces jours où l'honneur était la loi suprême,

Que face à-face on disputait,

Champion de son droit, sa vie à la mort blême

Et que bravement l'on tombait,

Le canon retentit!... Alors les hécatombes

Décimèrent le genre humain.

Dans les prés, sous les fleurs se pressèrent les tombes·

Et les croix au bord du chemin.

A l'affût dans les bois, tel qu'un tigre sauvage

Froid et méditant l'attentat,

De l'ennemi que seul protège son courage

Le lâche est vainqueur sans combat!

Dans cette route, hélas! que tous nous devons suivre,

On pourrait, la main dans la main,

S'aider, se soutenir, étudier le livre

    Où resplendit le sceau divin :

Aux peines de la vie, opposer le doux rêve,

    Aux hivers, les printemps d'amour,

Et jusqu'en la vieillesse où s'épuise la sève,

    D'espoir rester jeunes toujours,

On pourrait tout cela ! non, égorger son frère,

    C'est beau, c'est grand!... c'est monstrueux !

Des vieux volcans éteints comblant le noir cratère,

    Et brisant ses rocs orgueilleux

Qui se taillent, géants égarés dans l'espace,

    Pour leurs flancs baignés dans l'air pur,

Dans le nuage errant, blanche vapeur qui passe

    Un lourd manteau d'ombre et d'azur,

Le salpêtre pourrait, d'un choc épouvantable

Ouvrir dans le granit croulant

La route où le progrès, marcheur infatigable,

Crie au monde entier : En avant !

Il pourrait, renversant la barrière éternelle

Qu'un isthme élève entre deux mers,

Créer à l'industrie une source nouvelle

Et féconder d'âpres déserts !

O toi, que je hais, toi, qui ne sers que la guerre,

Toi que l'humanité maudit,

Poudre, ton dernier mot, je l'attends, je l'espère,

Tu ne l'as pas encore dit.

D'un ténébreux esprit, conception funeste !...

Mais le ciel sourit à son tour,

L'enfer vomit Bacon : la clémence céleste

A Guttemberg donne le jour...

Guttemberg ! avec lui la légende s'envole

Et l'histoire s'écrit pour les siècles futurs ;

De l'humaine sagesse il grave la parole

Et la lumière brille aux horizons obscurs.

Sous sa main, la pensée enfin prend une forme ;

Un corps, l'œil étonné, dans ses mille détours

La suit et la commente. Ardente, multiforme,

C'est en vain qu'elle cherche à s'envoler toujours.

Sur le vélin un homme a su fixer son âme.

Tenace, patient, sur sa casse incliné

Guttemberg, l'ouvrier qu'un zèle ardent enflamme,

Touche enfin à son but, et le Livre était né !...

Dès lors, le saint Travail était maître du monde ;

Comme un torrent de lave, il s'étend, il inonde

D'un flot toujours incandescent.

Les abîmes sans fond, où dans la nuit et l'ombre
Croupissaient l'Ignorance à l'œil hagard et sombre,
Le Vice abject et menaçant.

Le penseur voit son œuvre au grand jour discutée,
Aux lointains horizons sa parole est portée,
Vibrante, au sein des éléments.
L'historien, aux fils dit les combats des pères
Et stimule en leurs cœurs les ardentes colères
Comme aussi les grands dévoûments.

Au livre encor, le peuple épelle son histoire
Le passé, le présent, tous ses titres de gloire
Parchemins de l'humanité;
Pas à pas, il apprend sur les pages écrites

Ce qu'ont coûté de sang ces victoires maudites,

    Étapes de la Liberté!

Mais, ivre de combats, le Travail sans relâche

Redescend dans l'arène en poursuivant sa tâche.

Si l'aiguille de fer qui domine nos toits,

De Jupiter Tonnant peut éteindre la voix;

Si la foudre asservie, aux plus lointaines plages,

Franchissant terre et mer, va graver nos messages;

Si, sur les rails polis, la fougueuse vapeur

Nous emporte en hurlant comme un monstre en fureur;

Si l'agile steamboat, malgré vents et marée,

Fend les flots écumeux de sa proue acérée,

C'est le Travail, c'est lui, qui par vos nobles mains

A de tant de bienfaits enrichi les humains,

Watt, Newcommen, Fulton, Francklin, Ærsted, Ampère,

Arago, Faraday, Volta! vous, qu'on vénère,

Chercheurs, à qui jadis, au temps des immortels

La foule émerveillée eût dressé des autels;

Et vous, les oubliés, vous, les martyrs! ma plume

A tracer tous vos noms remplirait un volume.

Je me courbe, impuissant, mais du Travail béni.

Poète, je veux dire encor l'hymne infini :

Salut! consolateur du monde,

Du vrai bonheur, source féconde.

Par qui tout sourit, tout abonde,

Tout est créé, tout rajeuni!

Levier qu'un préjugé sauvage

Flétrissait comme l'apanage

Du malheureux dans l'esclavage,

Divin Travail, oh! sois béni !

L'oisiveté funeste, enfante

Le vice, lèpre dévorante,

Et laisse, compagne énervante,

L'homme croupir dans son néant.

Travail, sous ton joug salutaire

Il goûte une morale austère

Et sent grandir son caractère,

Tu fais d'un atome, un géant !

En vain, la nature rebelle

T'oppose une lutte éternelle :

Tu combats, tu triomphes d'elle,

Prodigue d'efforts inouis.

Tu surmontes tous les obstacles,

Et, partout semant les miracles,

Par d'incomparables spectacles

Tu charmes nos yeux éblouis.

Quand ces conquérants qu'on admire,

Monstres acharnés à détruire,

Parmi les débris d'un empire

Ont traîné leurs sanglants drapeaux,

Effaçant les pas des barbares

Tu rends aux vaincus leurs dieux lares,

Leurs monuments, et tu répares

Jusqu'aux ruines des tombeaux.

C'est grâce à toi, que le génie

Loin de la terre qu'il renie

Aux flots d'une mâle harmonie,

S'abreuve, ivre de volupté,

Puis, fermant ses ailes vermeilles,

Le front penché sur les merveilles

Fruit de ses glorieuses veilles,

S'endort dans l'immortalité.

Travail, consolateur du monde,

Du vrai bonheur source féconde,

Par qui tout sourit, tout abonde

Tout est créé, tout rajeuni !

Levier qu'un préjugé sauvage

Flétrissait comme l'apanage

Du malheureux dans l'esclavage,

Divin Travail, oh ! sois béni !

FIN